I0551057

L'VBIN,

OV

LE SOT
VANGÉ·

COMEDIE·

A PARIS,

Chez Gvillavme de Lvyne
Libraire Iuré, au Palais, dans la
Salle des Merciers, à la
Iustice.

M. DC. LXVI.
Auec Priuilege du Roy.

A
MONSIEVR ***

*M*ONSIEVR,

Vous *souuient-t'il que dans*
l'vne des plus belles assemblées
de France, vous donnastes tant
d'applaudissemens à vne peti-
te Comedie qui y fut repre-
sentée, & qui fut ou assez plai-
sante, ou assez bien ioüée pour
satisfaire ses illustres Audi-
teurs ? Vous souuient-il aussi,
MONSIEVR, qu'elle vous

mit d'assez belle humeur pour
vous obliger à chercher le mechant Autheur de cét heureux ou-
urage, & que l'ayant trouué,
pour l'accabler de ioye, & pour
l'estouffer de gloire, vous luy fi-
stes l'honneur de l'embrasser ob-
ligeamment, & de luy dire qu'on
ne pouuoit plus plaisamment es-
crire, ny mieux ioüer qu'il auoit
fait? quand ie vous fais souuenir
de tout cela, c'est sans doute vn
reproche que ie vous fais, &
peut-estre en rougissez vous :
Mais MONSIEVR, vous sça-
uez en conscience qu'il n'y a pourtant rien de si vray, & que i'ay
trop d'interest à le publier pour

EPISTRE.

ne vous en pas faire vn remerci-
ment public. Peut-estre qu'apres
auoir appris que cette petite piece
auoit eu le bon-heur de diuertir
le plus grand Roy de la terre , &
les plus galands de sa Cour, vous
n'osastes pas les en desdire , &
que vous voulustes bien par
complaisance couronner leurs fa-
ueurs par vne approbation aussi illustre que celle que vous m'a-
uez donnée. Enfin , M O N-
S I E V R, quoy qu'il en soit l'en-
cens que i'ay receu m'a fait nai-
stre l'enuie de me faire imprimer.
I'ose donc vous presenter Lubin
ou le Sot vangé , qui n'est pas
tant sot, apres tout , puis qu'il a

EPISTRE.

sçeu contribuer aux diuertisse-
mens de la plus belle Cour de
l'Europe, & qu'il s'est fait non
seulement connoistre, mais ap-
plaudir d'vn des plus beaux Es-
prits de nostre siecle. Vostre ap-
probatiõ m'est si glorieuse qu'il ne
m'est pas possible de n'en pas ti-
rer vanité; & peut estre me sçau-
rez vous mauuais gré d'en auoir
assez pour vous en oser faire present. Mais MONSIEVR, voila
ce que c'est que d'estre trop indul-
gent, on s'attire quelquefois de
mechantes affaires : pensez vous
qu'vn homme comme moy puisse
auoir la force de se defendre de
quelques emportemens de vaine

EPISTRE.

gloire, quand il s'est entendu loüer d'vne bouche comme la vostre? Ie vous auouë ingenuement qu'apres vn si grand honneur, ie n'ay pû resister à l'inclination qui m'est venuë de vous offrir cette bagatelle, & de prendre cette occasion pour vous protester que ie veux estre toute ma vie,

MONSIEVR,

Vostre tres-humble, & tres-obeïssant seruiteur,
POISSON.

PERSONNAGES

LVBIN, ou le fot vangé.

LVBINE, Femme de Lubin.

LE COMPERE, Amoureux de Lubine.

Mr RAGOT, Amoureux de Lubine.

CROQVILLON, valet du Compere.

La Scene eſt à Paris.

LE

LE SOT VANGE

COMEDIE.

SCENE PREMIERE.
Mr RAGOT, LVBINE.
LVBINE.

Q Voy! vous ofez, Maiftre Ragot,
Maiftre importun, & maiftre fot,
Me venir rendre encor vifite,
Moy qui vous hais, & vous éuite
Comme l'on éuite la mort!
Mr RAGOT.
Ne vous emportez pas fi fort,
Lubine, voicy la derniere:

A

Vous estes pour moy chaste & fiere,
Mais le Compere a tant d'appas
Que pour luy vous ne l'estes pas.

LVBINE.

Vous l'auez dit, qu'en peut-il estre?

Mr RAGOT.

Rien, car vous n'auez point de Maistre:
A dire vray que craindriez vous?
Vostre mary roüé de coups,
De vous & de l'heureux Compere,
Qui mange chez vous d'ordinaire?
Et qui ie pense, y couche aussi?
I'en aurois fort peu de souci,
Mais vous me traittez d'vne sorte....

LVBINE.

Faites vos plaintes à la porte
Ie suis lasse de l'entretien.
D'vn homme plus sot que le mien. *Elle*

Mr RAGOT   *rentre,*

Ah! c'est trop mépriser ma flame;
Ie m'en sçauray vanger, infame
I'encourageray ton mary
Ie chasseray ton fauory;
Enfin ie m'en vay dans ma rage
Te faire vn diable de rauage,

Dés auiourd'huy ton sot époux
Te donnera deux mille coups :
Mais pour commencer cet affaire,
Allons empaumer le Compere.

SCENE II.

LE COMPERE, CROQVILLON.

CROQVILLON.

D'Où vient ce grand empressement?
LE COMPERE.
Il regarde sa montre auec empressement.
Il est huit heures iustement,
C'est l'heure qu'elle m'a donnée.
CROQVILLON.
Ie ne sçay point de haquenée,
Dont l'amble ....
LE COMPERE.
         Veux tu m'obliger?
C'est icy l'heure du Berger;
La manquer!
CROQVILLON.
     Mon maistre extrauague.

A ij

LE COMPERE.

A propos donne moy ma bague.

CROQVILLON.

Mais Lubin ce pauure Iobet,
Qui va querir comme vn Barbet,
Et qui vous raporte de même,
Dont la patience eſt extrême ;
Ce mary plus battu qu'vn chien,
Qui voit beaucoup, & ne dit rien,
Enfin ce plus ſot que tout autre,
Dont la femme eſt, ie croy, la voſtre,
N'eſt-il pas ſur voſtre journal
Marqué pour vn original?

LE COMPERE.

Donne donc ; il eſt fort commode.

CROQVILLON.

Il n'en amene pas la mode,
On le pratique en toutes pars:
Diable la mode des Cornards
Eſt vne mode d'importance;
On ne la change point en France,
Les auttes durent quinze iours,
Mais celle la dure touſiours.

LE COMPERE.

C'eſt l'objet de ta raillerie.

CROQVILLON.

Il reuient de la boucherie,
Querir vne teste de veau ;
Il vient de rentrer.

LE COMPERE.

Mon anneau:
Que ta longueur me desespere?

CROQVILLON.

Vous allez donc voir la Commere?

LE COMPERE.

Ouy, maudit traistre, en cét instant
Que tu iases, elle m'attand ;
Et c'est pour finir mon martyre.

CROQVILLON.

Il donne la bague.

Courez, ie n'ay plus rien à dire ;
Mais ie crains pour le diamant.

LE COMPERE.

Il se donne en haste vn coup de peigne.

C'est peu pour cét heureux momant.

CROQVILLON.

Monsieur, Ragot est à la porte.

LE COMPERE.

A iij

Bas en colere.

Que veut-il? le diable l'emporte :
Cours luy dire que d'auiourd'huy
Ie ne puis pas parler à luy,
Et qu'vne affaire d'importance. ....
CROQVILLON.
Il n'eſt plus temps, car il auance.
LE COMPERE,
Bas en colere.

Le diable le puiſſe emporter!
Coquin, veux tu pas l'arreſter?
CROQVILLON.
Il vient, ſongez à luy reſpondre.
LE COMPERE.
Bas en colere.

Que l'enfer le puiſſe confondre!
Vn Vautour luy mange le cœur!

SCENE III·

LE COMPERE, Mr RAGOT,
CROQVILLON·

LE COMPERE·

Haut.

AH! Monsieur, vôtre seruiteur,

Mr RAGOT·

Ie vous ay destourné peut-estre.

LE COMPERE·

Vous vous mocquez.

CROQVILLON·

Ah qu'il est traitre!

Mr RAGOT·

Sans vous, amy, ie suis perdu.

LE COMPERE,

Fusses-tu mille fois pendu,   *bas.*
Monsieur, allat-il de ma vie   *haut.*
Ie ne perdray iamais l'enuie
De vous prouuer ma passion.

Mr RAGOT·

Ie suis dans la confusion.

A iiij

LE COMPERE.

Et moy ie suis dedans la rage.　*bas.*

CROQVILLON.

Cela ne va pas mal, courage.

Mr RAGOT,

Portez vous à deux pas d'icy,
Vous m'allez oster de soucy.

LE COMPERE.

I'irois pour vous iusques à Rome
Le pieds nuds.

CROQVILLON.

Ah, le méchant homme!

LE COMPERE.

Et ie vous donnerois mon cœur.

Mr RAGOT.

Vostre franchise & vostre ardeur.
Se trouuent pour moy sans seconde.

LE COMPERE.

Derechef l'enfer te confonde;　*bas.*
Ie crains qu'on ne m'aille rauir　*haut.*
L'auantage de vous seruir.

Mr RAGOT.

Partons.

Le Compere, à son Valet.

Tu le payeras, traitre.

SCENE IV.

CROQVILLON *seul.*

ET bien, vit on iamais paraiftre
Vne plus grande trahifon?
Si ie r'entre dans ta maifon
Puiffent toutes les chambrieres
Me donner cent coups d'eftriuieres
Ie ne puis pas trouuer, ie croy,
Vn plus mechant maiftre que toy.

SCENE V.

LVBIN, LVBINE.

LVBIN.

Diable foit ta chienne de vie!
Dis, Carogne as tu point enuie
De me traitter plus doucement?

LVBINE.

Va: reporte la feulement

Au boucher, & fans plus attendre,

LVBIN.

Il ne la voudra pas reprendre.

LVBINE.

Mais me veux tu faire enrager?
Crois-tu que ie puiffe manger
De cette tefte ? Va la rendre.

LVBIN.

Il ne la voudra pas reprendre,
LVBINE.
Elle put, ne la fens tu pas,
Dy luy qu'on la fent de dix pas,
Et qu'il joüe à fe faire pendre.
LVBIN.
Il ne la voudra pas reprendre.
LVBINE.
Si tu me fais prendre vn bafton,
Mais voyez fon diable de ton !
Il ne la voudra pas reprendre !
Ma foy ! fi tu me fais te prendre
Ie te donneray du gros bout,
Et deffus le ventre, & par tout
Chien de cornard.

LVBIN.

Ie le confesse,
Quand tu n'estois que ma maistresse,
Voyant tout ce que tu faisois
Ie vis bien que ie le serois ;
Et le diable ayant l'auantage
D'auoir fait nostre mariage,
Il n'a pas trop mal reussi,
Car il le vouloit bien aussi.

LVBINE.

Ah! que de t'auoir ie suis lasse !
L'on me montre au doigt quand ie passe,
Voila la femme de ce gueux,
Dit-on.

LVBIN.

Moy l'on me montre à deux.

LVBINE.

Moy, t'auoir pris ! moy, qui suis fille
D'vn bon Tapissier de la ville.

LVBIN.

C'est pourquoy l'on me la bien dit,
Tu fais de si bons tours de lit.

LVBINE.

Quoy tu veux jaser, chien d'yurogne?

Reporte donc cette charogne,
Ou ie te vay rompre les bras.

LVBIN.

I'y vay, ne me frappe donc pas :
Mais comme il ne la pourra vendre
Il ne la voudra pas reprendre.

LVBINE.

Encore : tu le payeras
Aussi tost que tu reuiendras :
Ne suis ie pas bien miserable
D'auoir pris vn homme semblable ?
Ce gueux estoit distributeur
De ces billets d'Operateur,
Il gagnoit deux sous la iournée.
Regardez combien c'est l'année,
Sans aller conter par ses doigts
C'est tout iuste vn escu par mois
N'est-ce pas pour faire grand chere ?
C'estoit vn obiet de misere,
Il estoit tout deguenillé,
Voyez comme il est habillé.
Cependant depuis peu le traistre !
Voudroit, ie croy, faire le maistre !
Il ne veut que ce qu'il luy plaist.
Le sot, ie l'ay fait ce qu'il est.

SCENE

SCENE VI.

LVBIN, *l'ayant écoutée.*

EST-ce vne fi belle befogne
Pour t'en ofer vanter, carogne?
Fay moy, du moins, m'ayant fait fot
La grace de n'en dire mot.
Dans l'heureux âge d'innocence
L'on eftoit toufiours dans l'enfance ;
L'homme & la femme eftoient heureux,
Ils iouöient à de petits ieux,
Comme à Pont neuf, à Climufette,
Ou bien à ry ry Boulliette,
Au Pied de bœuf, aux offelets,
A d'autres plus beaux, ou plus laids,
Au corbillon, à la pantouffle,
En veux-tu plaider fiffle fouffle,
A Colin-maillart, aux combats
A cache cache Mitoulas,
Au combien, à la fage femme,
A l'acouchée, au Trou-Madame :
L'vn d'eux difoit changeons de jeu,
Iouöns à la queuë leu leu,
Il eft bien plus beau, ce me femble,

B

Car on se tient tousiours ensemble.
La femme apres auoir bien ry
Prenoit la queuë à son mary,
Et le tout auec innocence :
Mais nous sommes en recompense.
Depuis ce temps-là qui n'est plus
Vn nombre infiny de Cocus :
Ma femme a franchi la parole,
Ie le suis, & ie me console,
Et quantité qui sont icy
S'en doiuent consoler aussi.
Ie suis bien le plus miserable,
Car ie suis battu comme vn diable,
D'vn drole qui fait les yeux doux
Qui mange & qui couche chez nous :
N'est-ce pas pour estre en colere ?
Elle l'appelle son compere,
Il est prés d'elle iour & nuit,
Il couche dans nostre grand lit,
Moy dessous dans vne roulette,
Ma femme dans vne couchette
Sous vn pauillon chaudement;
Le soir on me dit rudement
Couppe du pain bis & du beure :
Et te va coucher de bonne heure :
Quand i'ay souppé de mon pain bis,
Que i'ay decrotté leurs habits,

Que toute ma besogne est faitte
Ie me iette dans ma roulette;
Mais elle & son passionné
Sont iusques à minuit sonné. . . .

SCENE VII·

LE COMPERE, LVBIN.

LE COMPERE.

E St elle au logis, ma Comere?
LVBIN.
Oüy, Monsieur : voila le Compere.
Voyez s'il heurte? point du tout,
Son diable de passe-par-tout
Sçait ouurir toutes nos serrures:
Que ie m'en vais auoir d'iniures
D'estre à mettre le pot au feu!
Nous allons, ie croy voir beau ieu,
Voicy ma besogne ordinaire.

SCENE VIII.
LVBINE, LVBIN.
LVBINE.

FRotte les fouliers du Compere :
He bien, chien ! ta tefte de veau !

LVBIN.

Il m'a redonné d'vn morceau
Qui fera fort bon & fort tendre.

LVBINE.

Il ne la voudra pas reprendre ?
L'a-t'il pas reprife, faquin?

LVBIN.

Vraymenr oüy.
LVBINE.
Va querir du vin,
Et que le Rotiffeur nous barde
Vne bonne & graffe poularde
Pour difner mon Compere & moy.
Tu prendras, fi tu veux pour toy,

Ou des noix, ou bien du fromage:
Redonne ces souliers.

SCENE IX.

LVBIN, *seul.*

I'Enrage,
Et si Iob en ma place estoit
Ie pense qu'il enrageroit
Et qu'il diroit en sa colere
La peste estouffe le Compere,
Le diable luy casse les os.

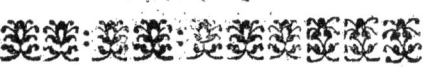

SCENE X.

Mr RAGOT, LVBIN.
Mr RAGOT.

L'Occasion s'offre à propos;
Allons donc ietter par auance
Les fondemens de ma vangeance:
Ie ne trauailleray point mal
Si ie puis chasser mon riual

D'aupres cette impudente femme.
Va n'as-tu point de honte, infame,
Que les voisins entendent tous
Ta femme te foüer de coups?

LVBIN.

Il est vray, voisin, mais qu'y faire?
Faut-il que ie m'en desespere?
Le maudit compere qu'elle a
Me hait, & l'oblige à cela.

Mr RAGOT.

Que fait-il chez toy ce compere?

LVBIN.

Il fait ce que i'y deurois faire.

Mr RAGOT,

I'ay feint d'auoir adroittement
Besoin de luy pour vn moment ;
Pour l'aduertir que l'on le blasme
De voir trop librement ta femme :
Mais loin d'en estre inquieté
En se mocquant il m'a quitté ;
Il alloit troussant sa moustache
Te monter vn vilain panache.

LVBIN.

Vous m'eussiez obligé beaucoup

Voisin, de destourner ce coup.

Mr RAGOT.

Encor passe pour ce Compere,
Car nos femmes ont d'ordinaire
Pour nostre plus grand ennemy
Quelque Compere ou quelque amy ;
Mais on te croit sans raillerie
Chef de la grande Confrairie.

LVBIN.

Voisin, ie suis ce que ie suis,
Et d'estre autrement ie ne puis ;
Ma femme est, & coquette, & belle,
Ie m'en ry tout tombe sur elle ;
C'est son affaire, brison là :
Mais le plus grand deffaut qu'elle a,
Au moins le plus insupportable
C'est qu'elle me bat comme vn diable,
Car ses coups me rendent la peau
Plus noire que vostre chapeau.

Mr RAGOT.

Vois-tu Voisin ? ie suis vn homme...

LVBIN.

Ie le sçay, qui reuient de Rome.

Mr RAGOT.

l'ay bien esté dans d'autres lieux,

Et si ie ne suis pas trop vieux.

LVBIN.

Peut-on aller plus loin que Rome?

Mr RAGOT.

Tu n'en as guere veu, pauure homme!

LVBIN.

Guere? I'ay pourtant veu Paris,
Et le thresor de sainct Denis.

Mr RAGOT.

C'est voir, sans voir toute la France,
Ce qui s'y voit de consequence.

LVBIN.

Mais peste! ie m'amuse bien
I'auray tantost du rost de chien,
Ie vay reuenir.

Mr RAGOT.

　　　　　　　　Non demeure,
Ie m'en vay te tauir sur l'heure:
T'entretenir, estant pressé
De tous les lieux où i'ay passé,
Ces recits seroient incommodes.
Scache qu'estant aux Antipodes
L'on me fit present d'vn thresor

Qui vaut plus d'vn million d'or,
Et si ce n'est qu'vne racine,
Laquelle mise sur l'echine
D'vne femme fut-ce vn Demon,
La rend plus douce qu'vn mouton.

LVBIN.

Peste ! l'admirable racine !
D'où peut venir son origine?

Mr RAGOT.

Du pied d'vn arbre que i'ay veu
Qu'auoit planté Lusse-tu-cru,
A ce qu'on dit, & puis fit Gilles.

LVBIN.

Peste ! il estoit des plus habiles :
Ce bois a cette faculté ?

Mr RAGOT.

Si ta femme en auoit tasté,

LVBIN.

Vrayment ie veux bien qu'elle en taste ;
Mais vne autre fois, car i'ay haste.

Mr RAGOT.

Attend, dans vn quart d'heure, ou deux
Elle en tastera si tu veux ;

Ce ne seroit plus elle-mesme,
Sa douceur deuiendroit extresme
Par la faculté de ce bois.

LVBIN.

La baiserois-ie quelque fois ?
Pourroi-ie coucher auec elle?

Mr RAGOT.

He quoy donc? la grande nouuelle!
N'y couches-tu pas quãd tu veux?

LVBIN.

Mort bleu! que ie serois heureux :
Ce seroit vne bonne affaire !
Mais où coucheroit le compere?

Mr RAGOT.

Qu'il couche au diable, desormais.

LVBIN.

Elle ne le voudra iamais,
C'est vn homme qu'elle idolatre.

Mr RAGOT

Mais tu la battras comme plastre
Si tu veux, & tu luy feras
Faire tout ce que tu voudras.
Elle viendra dans sa colere

Te traitter comme à l'ordinaire :
Comme elle prendra son haut ton,
Tu tiendras ferme ce baston,
Qui vaut mieux que deux vertes gaules:
Tu luy sangleras les espaules
Seulement de quinze ou vingt coups,
Tu la verras à tes genoux
Plus souple & plus obeïssante
Qu'vne ieune & neufue seruante
Te dire en larmes, ie te promets
De n'aymer que toy desomais,
De ne plus souffrir le compere.

LVBIN.

Ce seroit bien là mon affaire :
Mais l'homme qui l'auoit trouué
Ce baston. . . .

Mr RAGOT.

L'auoit éprouué,
Mais connoissois tu pas ma femme?

LVBIN.

Oüy, c'estoit vne bonne lame

Mr RAGOT.

Trois coups la rendirent d'abord
Plus douce qu'vn enfant qui dort :

Mais il faut dedans ta memoire
Mettre quatre mots de Grimoire,
Et les dire, autrement, ma foy,
Les coups retourneroient sur toy.

LVBIN.

Ah! ie veux donc bien les apprendre
Auant que de rien entreprendre.

Mr RAGOT.

Oüy, car il les faut prononcer
Auparauant que commencer.

LVBIN.

Elle va reuenir, ie meure :
Apprenés les moy tout à l'heure
Et nous allons dans vn moment
Vois vn diable de changement
Pour elle & pour moy fort risible,
Si le secret est infaillible
Ie ne vous épargneray rien,
Prenés mon honneur & mon bien,
I'ay fort peu de l'vn & de l'autre,
Mais disposez comme de vostre.

Mr RAGOT.

Va ie ne te demande rien,
Voici les mots, retien les bien.

LVBIN

LVBIN.

Vrayment pour cesser d'estre esclaue ....

Mr RAGOT.

Tasse rouzi friou titaue.

LVBIN.

La peste ! quels diables de mots !
Ie ne trouue plus à propos
De les apprendre tout à l'heure,
Il me faut deux mois, ou ie meure
Auant que de les bien sçauoir ;
Adieu, voisin, iusqu'au reuoir.

Mr RAGOT.

Demeure, il n'est rien plus facile :
Quand tu serois plus imbecille
Que la mesme imbecillité
Ie donne la facilité
D'apprendre en vn iour vne Histoire.

LVBIN.

Mais donnés vous de la memoire?
Il faudroit viste m'en fournir
Car ma femme va reuenir.

Mr RAGOT.

Dy donc, tu n'as que de la baue :

C

Tasse rouzi friou titaue.

LVBIN.

Tasse, rosty ......

Mr RAGOT.

Quoy! quatre mots ......

LVBIN.

Patience, vn peu de repos

Mr RAGOT.

Tasse ....

LVBIN.

Ie sçay bien, vne tasse
Dans laquelle on boit.

Mr RAGOT.

Ie me lasse.

LVBIN.

Dittes les moy plus posément.

Mr RAGOT.

Ie parle assez distinctement:
Tasse rouzi ...

LVBIN.

Disons ensemble.

Mr RAGOT.

Pourquoy m'interrompre?

LVBIN.

Il me femble
Que quand nous parlerons tous deux
Ie les diray peut-eftre mieux.

Mr RAGOT.

Taffe.

LVBIN.

Taffe. Dis ie pas bien?
Mr RAGOT.

Acheue.
LVBIN.

Ie ne fçay plus rien.

Mr RAGOT.
Et comment donc pretens tu faire?
LVBIN.
Il faut acheuer noftre affaire.
Mr RAGOT.
Mais quoy ! fi tu ne retiens pas.

C ij

LVBIN.

Mais que l'on parle mal là bas!
Le langage est bien incommode
Dedans la ville d'Antipode!
Cela me feroit detester.

Mr RAGOT, *à part.*

Ie ne me veux point rebutter,
Il faut s'armer de patience
Pour bien asseurer sa vangeange,
Elle est tantost en mon pouuoir.

LVBIN.

Escoutez, ie croy les sçauoir :
Tasse rouzi friou titaue.

Mr RAGOT.

Les voilà ; tu n'es plus esclaue,
Ils te rendront maistre chez toy.
Adieu.

SCENE XI.

LVBINE, LVBIN.

LVBINE.

TE mocques tu de moy?
LVBIN.
Ne voila - il pas la carogne?

LVBINE.

Que fais-tu donc là, chien d'yurogne?

LVBIN.

Taffe rouzi friou..... Iy fais...
Il ne m'en fouuiendra iamais;
Voifin :
LVBINE.
Dis, fot, eft-ce pour rire
LVBIN.
Il s'en eft allé fans rien dire,
Elle a raifon, faute d'vn mot
Ie ne fuis encore qu'vn fot.
Il rimoit ce me femble à caue :

Tasse rouzi friou titaue
Bon, ie l'ay retrouué sans vous.

LVBINE.

Il faut le mettre au rang des foux.

LVBIN.

Des foux! pas tant fou que l'on pense:
Allons, fais moy la reuerence.
Et quelque ioly compliment.

LVBINE,

Il a perdu le iugement.
Comme ce coquin fait le graue!

LVBIN. *Il la frappe.*

Tasse rouzi friou titaue.

LVBINE.

I'y vay, ne me frappe donc pas

LVBIN.

La reuerence, bas, plus bas,
Ma foy, cette racine est drole!
Allons, qu'on ioüe vn autre roole.

LVBINE.

D'où peut venir cet enragé?
Dy donc, que diable as tu mangé?

LVBIN. *Il la frappe.*

Ah coquine tu m'iniuries.

LVBINE.

Mon mignon, quitte ces furies.

LVBIN.

Mon mignon! hé mon chien de cœur:
D'où diable me vient cet honneur?
Crois tu parler à ton compere?
Tasse rouzi friou i'espere
Te reconnoistre quelque iour.   *frappe*

LVBINE.

Helas! pardon mon cher amour,
Que veux-tu? d'où vient ta colere?

LVBIN.

Va mettre dehors ce compere,
Et ne le regarde iamais,
Va viste, & reuiens : desormais
Ie suis le mary de ma femme,
Tasse rouzi friou , mon ame.

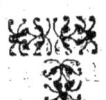

C iiij

SCENE XI.

LE COMPERE, LVBINE, LVBIN.
LE COMPERE.

S Ortir ſi bruſquement! pourquoy,
Dittes donc.

LVBINE.

Pour l'amour de moy.

LE COMPERE.

Ah ! c'eſt en peu de mots tout dire
J'obeïs, & ie me retire.

LVBIN.

Voila le compere ſorty,
Bon.

LVBINE.
Mon amour, il eſt party.
LVBIN.
Il eſt party ! ton cœur ſoûpire !
Allons, tout à l'heure il faut rire

LVBINE.

Rire & pleurer, ie ne puis pas.

LVBIN.

Ris, ou ie te rompray les bras,
Ma racine est mal employée.
LVBINE.
Riray-ie à gorge déployée?

LVBIN.

Oüy dà, bien fort ; bon, ne ry plus,
Ie trouue tes ris superflus ;
Pleure à present à chaudes larmes;
On dit que ta voix a des charmes,
Chante ; esternuë auparauant.

LVBINE.

Moy que i'esternuë, & comment,
LVBIN.
Comme tu voudras, esternuë,
Esternuë, ou bien ie te tuë.
LVBINE.
Mais ie ne le puis pas, ma foy.
LVBIN.
Tasse friou titaue, à moy.

LVBINE.

Mais cela n'est pas volontaire.

LVBIN.

Ah! i'ay tort s'il ne se peut faire.
Fais donc vn feint esternument;
Dieu t'assiste, ie suis content.

LVBINE.

Ie le crois, tu le dois bien estre,
Tu voulois tant faire le maistre,
Tu l'es de la bonne façon.

LVBIN.

A propos, chante la chanson.
Et là, cette chanson qu'on chante.

LVBINE.

Qui moy? i'ay la voix trop méchante.

LVBIN.

Et la voix, l'esprit, & le corps
Tu n'est bonne que quand tu dors.

LVBIN.

Mais vois-tu, ie veux estre maistre,
Et c'est enfin mon tour de l'estre:
Chante pour charmer mes ennuis.

LVBINE.

Ie suis malade & ie ne puis.

LVBIN.

Il faut donc prendre medecine.
Quatre prifes de ma racine
Purgent les mauuaifes humeurs.

LVBINE.

Ah! ie n'en puis plus , ie me meurs.

LVBIN.

Que tu fais mal la decedée !
Tu ferois mieux la poffedée.

LVBINE.

Ceffe tes coups, ie n'en puis plus.

LVBIN.

Chante, tes pleurs font fuperflus
Ie fuis fort content que tu meures,
Pend toy, fi tu veux, dans deux heures,
Ie veux auant que voir ta fin
T'entendre dire Ah! le bon vin,
Tu as endormy ma mere,
Mais iamais,iamais,
Toure, loure, loure, loure,
Mais iamais,iamais,
Tu ne m'endormiras.

LVBINE & LVBIN *chantent.*

Ah, le bon vin!
Tu as endormy ma mere,
Mais iamais, iamais.
Toure, loure, loure, loure,
Mais iamais, iamais,
Tu ne m'endormiras.

LVBIN.

Mon mignon, mon friou titaue,
Commande, ie suis ton esclaue.

✿✿✿✿✿✿✿✿✿✿✿✿

SCENE DERNIERE.

Mr RAGOT, LE COMPERE.

Sortans chacun d'vn costé.

LVBIN, LVBINE.

LVBIN.

AH, voisin !
          Mr RAGOT.
                    As-tu reussy?

LVBIN, *au compere.*
Que venez-vous chercher icy?

LE COMPERE,

Hen.

LVBIN.

Ne faites point tant le braue ;
Taſſe rouzi frioü titaue
Vous pourroit mal traitter , ma foy,
Voſtre giſte n'eſt plus chez moy
Le temps eſt paſſé.

LE COMPERE.

Hé compere !

LVBIN.

Il n'eſt compere ny commere ,
Vous deuez eſtre ſatisfait
De tout ce que vous auez fait ;
Contez-le pour voſtre partage
Vous n'en ferez pas dauantage
Car i'vſeray de mon pouuoir.

LE COMPERE.

Et moy, ie vous feray ſçauoir ...

LVBIN.

Ah ! vous voulez faire le braue,
Taſſe rouzi frioü titaue
Mon fils, voicy le coup d'honneu
Sers ton tres-humble ſeruiteur,

D

Et fais au moins sur le Compere
Ce que tu fais sur la Comere,
Comme diable il gagne le haut.

Mr RAGOT.

Mais suis-ie vangé comme il faut?
Si vous menez Iean, Iacques ou Blaise
Enfin quelque amy qui vous plaise.
Faire chez vous quelque repas
Que vostre femme n'ayme pas,
Et qu'elle vous fasse la mine,
Venez emprunter ma racine.

LVBIN.

Par elle mon fort a changé.

Mr RAGOT.

Voila, Messieurs, le Sot vangé.

FIN.

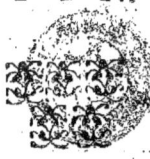

www.ingramcontent.com/pod-product-compliance
Lightning Source LLC
Chambersburg PA
CBHW071255210626
46818CB00013B/1461